你記得地圖上的一切都要變淡的

陳育律

序詩

在洗衣店裡等夏天結束

「洗

這一場暴烈的雨終究沒能
顛倒我們的城市

硬幣又一次堅決地摔傷自己
我相信世界上有一支電話要響

溼淋淋的快樂貼在身上
沉重得沒有一絲意外

亞熱帶的時間虛胖
十六年只是潮溼，並不漫長

脫∮

翻開蒼白的口袋，證明
生活畢竟藏不住多餘祕密

我們各自逆著時鐘奔跑
反覆畫出徒勞的句號

又一個留不住名字的颱風
食言了，消失在新聞畫面邊緣

烘∴

記得盆地底部的日子
蒸溽在異樣光影裡的吐息

幽暗的池子，燠熱的儲物櫃
心有不甘的汗水掛懸眼角

掀開蓋子之前
讓執拗與妄念悶著

將那些使我分心的期待
揉進同一團撲面的暖空氣

然後不留痕跡地
催促你打一個噴嚏

目次

001 | 林森北路

今天不會過去了
乾脆把骯髒的自己
抹在臉上
讓心乾淨一些

走過冰涼的柏油路
原本應該是海的地方
盡量用浪的節拍
面無表情地晃

逆向車道好像流著血
等等，我正學習如何活得

越來越慢，直到
跟不上世界的節拍

002 | 太原路

跟不上世界的節拍
所以背起課桌椅
在你的面前轉一個彎

粉筆如約降臨
博愛地親吻虔誠的額頭
書寫下次追逐的對象

看見了你要找的人依然不是我
就算是我的皺眉
幾乎要把你的名字揉碎
你也不必向我走來

莫非你不知道
你有那種經典影星的風範
光是開口說一個字
日子就已經老了

003 | 菸廠路

日子就已經老了
你下車的時候
我剛填滿最後一片漆
如果有一杯茶可以浪費
我希望是下一個轉彎
潑灑在我的心口
堅決補上稀缺的色彩

汙水洗去時間之前
我一直記得你說
重複那些無意義的掙扎
是無意義的生活中

最接近美的舉動

004｜慶城街

最接近美的舉動
是你在漆黑的路上
點燃自己，只為了快一步
找到我，焦急地說一句
對不起又讓你等了這麼久

其實等待不算什麼
我更擔心夜色捻熄你的夢
冷風敲打背脊不算什麼
只要你及時擁抱我
最後一刻都讓我陪著你
享受成為灰燼的歡愉

最接近你的舉動
是我終於走進絕望的巷尾
在角落裡點燃自己
什麼也不剩之後
任何一道牆都翻得過去

005｜重慶南路

任何一道牆都翻得過去
除了不再被翻閱的城
以為你依然堅持
每天領著我的書頁上街
輕易地跨越
陽光底下頹圮的門扉

摺角的日子要打扮
減少色調，與往昔相會
大家都記得那年
駐守邊界的冷空氣
整天塗刷憂慮的色澤

一層一層獨自深淺

你留下一個聲音
在聲稱印壞的那一頁
見面就掉眼淚
卻堅持說那不過是雨水
撕去汙漬，拆開驚蟄與毛邊
空白的騎樓寧願永遠缺頁

006｜德惠街

空白的騎樓寧願永遠缺頁
滲透了最後一張
不必擔心明天

越是華美的名字越容易老去
越暗的門窗越多心緒
樓梯圍繞著你
你是時間猶未領回的雨
落地的角度那麼精細

樓梯繞著你旋轉
時間依序揚起鼻息

天藍色的纖維
互相艷紅的雲系
面對面差一句
水泥牆面的謎題

我在今日同你回頭
逆著扶手滑行
越是老去的時間越接近美麗
越遲的斑駁越能描述你

007｜南海路

越遲的斑駁越能描述你
越明亮的前夜越該節約呼吸
制服離開藍色座椅
拉環依舊牢牢地握住手心

踏上月臺的第一步要穩
沒被路人看破眩暈
你要的成功就達標了一半
另一半留待日後老去
老去與天黑都只是
一眨眼的事

遺忘了收尾那條路
和中途離席的電影一樣
不需要結局
拆除違章記憶與天橋
任誰都不准想
跨回青春的開場白

008｜許昌街

跨回青春的開場白
塗黑星座血型
夾進筆記本裡當成祕密
由不得斷水的中性筆插嘴

玻璃自動門外耐心排隊
為一張唱片餓肚子
直徑十二公分的月圓
連夜泛著光芒
沒有幽暗的海洋
就算有，也是美的化身

背靠矮牆，交換夜色鏡像
每一圈月明都珍貴
我能為你做出最了不起的事
就是偽造以假亂真的月光
真正的明亮送你
盜竊來的寒涼自己收藏

009 | 市民大道

盜竊來的寒涼自己收藏
敲碎的日光全數裝箱
玻璃門無聲闔上
列車向著時間開端的方向
靜悄悄出發

你的記憶有多長
容不容得下我的細小步伐
踩著鐵軌邊緣張望
意志堅定地搖晃
保持適度清醒
諦聽即將到來的鳴笛

當你逐漸靠近夢的邊境
我來不及找回今天
滿地逃跑的沙礫
痛不能夠發出聲音
時間依然緊緊握在你的掌心

010｜溫州街

時間依然緊緊握在你的掌心
我還沒撞上驟至的雨
你側身推開日期
走進多年前的字句

你喜歡在咖啡店裡喝茶
更喜歡窩在沙發角落
假裝閱讀卻偷看我
將烤焦的午後大口饞盡

你用幾個分秒的零頭結帳
不太確定那些坐吧臺的客人

此刻正凝視著手上的咖啡
或等待自己的未來換氣
推開玻璃門
精神抖擻赴一個陳年的約

我喜歡這一刻的緩慢
更喜歡你數算時間的表情
以為自己擁有不多
只能在假寐中定量揮霍

011 | 敦化南路

只能在假寐中定量揮霍
顯眼而迷幻的水窪
摩挲肌膚
對摺後是昨天的紅色
無關緊要的橙色，餘沫湧現
爭著閉合傷口的粉紅色

幾個柏油路上泅泳的字
拒絕尾聲響起
只拼湊你熱愛的格言
擦亮銘黃色的邊
挑選寶藍色的標點符號

牽起手來翻身成為湖綠色列島

我站在斑馬線面前
找不到一句合適的開場白
你已經輕盈地跳過去
翻開圖冊
研究我頭上那沒人愛的
盤根錯節的頭角
如何開出明日的花

012 | 長安東路

如何開出明日的花
當生活一天一天
被你帶來的水患鬆動
比如臨時舉辦
我無從準備的盛宴
比如貿然送走
抽屜裡僅存的曆法

你說胡鬧的機會不多
再等下去就要老了
早前種植的名字
其實一個也不記得了

與其在階梯上端坐
不如闖進汪洋中漫舞

每一場雨都有他的結局
但是只要閉上眼睛
就能聽見相同的旋律
沿著肩頸甦醒
你喜歡鐵皮屋頂的掌聲
因此我不打算拆穿
這首通俗的曲目是你
少數堪用的把戲

013｜辛亥路

少數堪用的把戲
人概足夠樓梯口的你
輕易將我迎頭唬住
「我擁有的白天比別人少……」
不等你把話說完
我已經翻開了口袋
發現我們多麼地不像對方
除了在日子面前
都一樣貧窮得可恥
「我擁有的夜晚比別人少……」
你不能更加說服我了

下一刻我轉身回房
敲開叮咚作響的鐵盒
連同生鏽的氣味一起給你
你說我們此刻面目相仿
明知這一點餽贈算不上珍貴
卻把眼神掛上有陰影的牆
以為自己失去了很多

014｜金山北路

以為自己失去了很多
無需理會的場合
比如更加荒唐的雨
比如經年收藏的夏夜餘味
比如背對著你
把一條路走到底

那些自以為終將失去的
溼氣、奔跑與喊聲
反覆拍打地面的青春
掩飾焦慮的笑意
都是預先寫好的你

逐一裱褙
完美得令人心虛

比如我們不經意找到
城市的其中一顆心
牢牢打上死結
任憑你走了再遠都要
忍住這個位置上的躁動

015 | 基隆路

忍住這個位置上的躁動
成為令你困惑的一條
灰黑色雜訊
有時飛得很高
有時蹲低
面對意圖不明的閃燈
第一時間掩住口鼻
卻又自鳴得意地眨眨眼
深怕柏油路輕輕翻面
便再也沒有探頭裝傻的餘地
掛上奔忙的圍巾

不安好心的食指啟航
標記在色彩分歧的
喉頭、後頸與下顎平原
每一站都必須呼吸
全力呼吸然後
吐出亮片般的灰燼
勇敢地成為
不必勇敢的漬跡

016｜東新街

不必勇敢的漬跡
曾經那麼勇敢地出現在
不應被我涉足的場所
迷途霧綠色淺海
輕喘的浪忽明忽暗
決定路過每一個決定
安穩地站在樓頂
垂一條繩
你說全心全意相信
就能安然落地
途經種滿常春藤的窗臺

背脊顧不得發癢
專注仰望著你的荒唐
我懷疑那麼多過程總是
被你我浪費在等待
不願盛開的花
無法現身的斑馬
沒有方向的太陽雨
你說我總是抓得太緊
勒住了時間的喉頭
徒然地在半空中奔跑

017｜西寧南路

徒然地在半空中奔跑
遇見幾個來自未來的好人
練跳的人才剛抵達十樓
眨一眨眼掉回
差不多八又三分之二
沒事沒事，他說
明天保持清醒就能
踩著光束裡的小灰塵
跳出十二樓以上的舞步

脫不下禮服的人始終微笑
說你其實很好
值得我用一輩子煎熬

一輩子回顧
再一輩子逐步淡忘
願望如果淡不了就舉起眼神
呼喊時間回頭加茶

面對遺失了腳印的人
我不需要故作緊張
蹲在手扶梯上彼此張望
經過你埋伏的溝
熟習地起跳
一跳是十二樓
再一跳就是
日常擁擠的海洋

018｜忠孝東路

日常擁擠的海洋
在你的面前從容躺下
揚帆出發是你
不可能失誤的靈光

躲避尖銳的浪花
難免被海聲劃傷熱燙的臉頰
你的痛那麼輕盈
那麼放肆地飛了起來

你終將離棄的海島
曾經載浮載沉地

在黑雨中擁抱著你
太陽造的體膚
裝載不起過錯的胸腔

你說無能為力也許
是追逐海誓多年之後
最永恆的一次答題
你的痛依然輕盈
彷彿並不認識今天
為了海市到場的所有嘉賓

你的閃神那麼柔軟

那麼輕易漂流
甜美的氣味轉瞬間老去
昨天玻璃瓶還很年輕

019 | 新生南路

昨天玻璃瓶還很年輕
你在草原的另一邊
搖響一首寫壞了的詩
不是那種令人不開心的壞
而是語言像你一樣
過於敗壞而快樂

你回到了夢境開端
採收當年種植的對話
淺薄的病氣
睫毛邊上的絕望
刷去光澤之後

多麼像是那些廉價夜宴裡
出盡老千贏來的賭注

我已經不該擔心你
涉足荒莽的繁華街市
你從深睡中醒來
眼神偶爾坍方
彷彿又看見同一片原鄉
身無分文的我和你
不能在有生之年抵達

020｜渭水路

不能在有生之年抵達
任何一個平凡渴望
比如對摺窄短的信箋
再對摺瘦長的心願
當兩條河道交錯而過
搭一座橋，看你撐著傘
護送宿醉的螞蟻
連夜站滿缺少筆畫的地方

021｜安東街

連夜站滿缺少筆畫的地方
看氣球越飛越高
落下昨日淡紫色身影
壓緊，搓出一條
暗地裡封喉的細繩
離棄地表後持續
壓緊，規律轉動牽起
粉色的糟糕念頭
最後那個標點多麼準確
比死再過去一點
比小小的死靠近一點

比米白色磁磚乾淨
比灰色的道別有聲音
連接虛線的點
走在正確的道路上
答案很快揭曉
不是兔子也不是松鼠
黑色框線務必塗滿
否則悖德的欲望很快會
流出來，月亮被砸破那次
住在裡面的羽毛終於
不太情願地拿起塑膠袋
賣力練習人間呼吸

022｜松勤路

賣力練習人間呼吸
還有那些容易抄錯的姓名
每一個都那麼像是信仰
每一個都那麼像

你說剛來的那幾個月
總是戴著耳機
一間接著一間留下掌印
直到有人開了門

與你站在路的兩頭
互相喊著不存在的詞彙
後來又有人開了門

那麼堅定地坐在月球表面
欣賞你們放肆遊戲
失重而且優雅
你說耳機後來自己遠行
找到一座誤讀的城市
欣喜地告訴你
至今沒有誰唸對他的名字
每一個都那麼像是解答
每一個都那麼像

023｜南京西路

每一個都那麼像
又多麼不甘心被說
和那個誰一樣
已經不是第一次
在你的陰影裡躺下
盡全力延長自己
流過你的河道，流過
你和你纖巧的呼吸
已經不是第一次
忍受指尖彼此分離
各自追逐斷裂的想像
拼湊你的足音

下午的空氣煮沸時
你正巧翻身，平原變成丘陵
而我已經來不及
回神掩藏你的底細
這會是最後一次
依附著你的骨骼躺下
繞路光潔肩頸，直抵鼻息
流過你妄圖振作的髮，流過
你和你折射的意識
多麼不甘心卻又
那麼情願持續反覆

024｜常德街

那麼情願持續反覆
用鋒利的名字
呼喊一片火紅的雲
渴求灼燒的雨在今天
落下，點燃高塔
我想要的未來
一個也沒有留下
我想要的末日
都那麼誠懇友善地
如約前來

你不應該阻止我

把雨打開
角色到齊了
但我看不清你的眼眸
看不清後頭更遠處是誰
令你疼痛，看不清
我曾想要的未來
什麼時候被鑄成磚頭
於是我想要的末日
一一從灰燼裡飛了出來

025｜長春路

一一從灰燼裡飛了出來
一一盛開，在階梯上
欄杆與公車站牌
忘卻時間地笑
一一攤開夢境，緩慢滴血
躁動的雨也說那不過是
事實降臨前的演習
聽不到警報聲轟轟作響因為
超過了還可以重來的年紀

燒壞的影都會從
灰燼裡一天一天飛出來

一天一天盛開，在淡漠的階梯上
呼吸急促的欄杆與公車站牌
不能更加多餘地笑
一天一天攤開爛熟的夢境
流乾惡臭的汁液，全力鼓掌
訕笑深處忘情舞蹈

輕易落空的祕密又從
灰燼裡一圈一圈飛出來
一圈一圈盛開，在消失的階梯上
庸俗得沒有節奏的欄杆與公車站牌
浪費越來越多字詞笑出一個

無人理解的聲音
不存在的，沒有多寡之分
註定摔碎的渴求
無需擔心你出手的輕重

026 | 建國北路

無需擔心你出手的輕重
晚來的人都承認昨天好看
但是今天更適合戀愛

黑白灰的眼線，延遲的雨
不合時宜的鳥叫
你從我頭頂走過那一天
筆記沒有從頭翻新

預言都是錯的，你終於承認
我們必須背棄城市邏輯
繞完這個圈之後上橋

發燙的日光燈底下
逐漸成為你熱愛的模型展品

我們向著日常終點旅行
想念起飛時的雜音，用力顫抖

拉平襯衫表面漫出來的海潮
落了一顆鈕扣也要假裝是
為不可能受控的演出埋下伏筆

水溝蓋旁邊微小的失落
明天在你的手心颳起颱風

下個月就長成一個
放棄掙扎的完美藉口
當我又跟丟了蝴蝶
當你睜開眼睛看見青草

027｜康定路

當你睜開眼睛看見青草
我盡量不喊你的名字
讓暴雨晚一點抵達
畢竟這是少數我能完成
而且不需要讓你知道的事

你喜歡在燈剛暗下來的時候
沿狹窄的階梯走向盡頭
直到背靠河水的高臺然後
面對令我疲憊的世界
要求我與你一起繳納視線

每一次醒來都像是被誰
不經思考地種植在半空中
我復活了幾百次而你
總出現在同一個荒謬的地點
接住時間的眼淚，接住我

028｜內江街

接住時間的眼淚，接住我
就快要落入水面的詩
我的褲管並沒有溼卻也
不可能擰出其他字

想像中的你只是經過
迷戀頁面上空白的部分
描一個框，不擺飾任何圖畫

將來還要回到第三章這個地方
用力推開紙窗，闖進小巷
踏著滾燙的柏油路奔跑

當你開始倒數十九八七我已
穩穩站定淺色的磨石子地
當你又在吃吃竊笑
我看準騎樓底下的近道
從那一個遺漏的標點出發
太容易抵達草率收場

當你擊碎長廊的兩端而我
正忙著翻閱第一座牆
累得讀不出裂縫的隱喻而我
卻又看穿同一方向的牆

會在第三十七層全數倒下

那後面已經沒有詩

沒有其他容易墜落的字

029 | 泰安街

沒有其他容易墜落的字
我們在這裡很安全
沒有誰刻意拼湊今日樣式
我們不去比較
無需擔心明日好壞
你是美好，而我並不知道
美好的相反是什麼意思

簡單的相反不是複雜
都是你的一部分，所以
不可能有任何壞的
我是說，與美好相反的成分

那些都是我不認識的生詞
藏在教科書最後面幾頁
講好了不考，省略墜毀的段落
我還在迷航的時候
你已經抹勻一條銀河

030｜民生東路

你已經抹勻一條銀河
還有什麼細小記憶值得
點接著點串起可惜
我在黑的這邊還沒有融冰

這座城市最初就是你
堅持完成的遊戲
抽乾了機會命運再出發
廢除多餘描述的身體
才適合在夜裡飛翔
不可能有其他人在乎我寫的日記

精準得沒有一處筆畫正確

你讓血肉模糊的星
從漏光的樓頂跳下去
許個狡黠的心願
比如先追加一百個額度
接著界定實現的方式

沒有人在乎你的偉大航行
除非是我憂心羅盤越來越老了
偶然問一問近況

031｜松隆路

偶然問一問近況
掛下電話後開門出去看雪
欣賞一滴迷路的熱水
踮腳在冰面上蹦跳
沿路曲折地
一朵接著一朵開花

你並不知道美麗
來自於白色或者是花
也不需要面對衰敗
起源於白色或者是花
它們都會和平消逝

就像你用身體在柏油上
連夜寫痛了字

你睡得最沒有明天的時候
我總是聽見火車出發
踩壞滿地銳利的花就能
阻止你的夢境遠颺
你並不知道這一整段描述
最初確實是我的沉迷
幾年後漸漸換成了清醒
也不需要真正面對我
越寫越痛的字

032 | 文昌街

越寫越痛的字
越睡越慌亂的床
還沒學會唱歌的鍋蓋
剛下過雨的書櫥
不太熟的路與站牌
前面轉彎又是
販售解答的機器
投入晾得乾癟的心事
換一張蒼白的紙
對摺時朝你露出笑臉
賣力地說沒事沒事

沒事當然沒事
有事的人不在這個時間
出門挑選木頭餐桌
又大又圓像老派喜餅
最好搭配六張高椅
不然最少湊個三或四
生活有基本的樣子
不是你想的那種樣子
越空越漲潮的花盆
越寫越燙的壞詩
讀到第三行就知道
這裡沒有比你更壞的事

033 ｜ 連雲街

這裡沒有比你更壞的事
冬天的眼線那麼密，而你
溫暖得令人無從躲避
踏錯一步就會觸動警鈴

上半夜的選手才在門口坐定
何必急著催他們上場
這座城裡沒有真正的雪
但每一滴髒過的水都情願為你
長出不自然的骨骼，為你
來回跑過粗礪的風道，為你
表演千百次融冰的場面

你沒見過白色的夜
我們連荒唐都那麼不同
因而註定過度相似
這場冷戰必須中斷於是我
踢倒腳邊那些玻璃瓶罐
看它們碎成明日雨水
一點一點地髒

夏天的你已經知道這會變成
前方十字路口絆倒我的惡意
如果你看透了深淺

請描述一件更壞的事
比賴著不走的冷空氣厚顏
比短暫的痛更鋒利

034｜長安西路

比短暫的痛更鋒利
靈巧的日期收在
你的手心，左邊耳鳴
唯恐無人發現他
步步逼近十年後的你
掌紋更加深邃是你
習慣獨白也是你

一條街不曾路過你
依然能輕易認出
你是暴雨敲破的瘀青
捧著遲來的好消息

跌進燈火倒影
在偏頭痛第一次來訪前
你的病都能痊癒

你不禁懷疑未至的命運
如果不是集體逃亡
或許正遭遇難解的題
你還不能濫用可惜
而害怕是最公平的字
穿上透著陽光氣味的襯衫
你成為地圖街景

035｜忠孝西路

你成為地圖街景
沒有盡頭的雨成為你
我在你之外的窗臺
苔一般地看著
你落在你的身上
用去一整天
成為今天的形狀
於是昨天終於成為
你現在的模樣

我喜歡你現在的模樣
像一個玻璃碗裝滿

即將打溼我的
昨天的雨

036 | 紹興北街

昨天的雨

玻璃杯裡的雨
灰黑色的雨
等候巴士發動的雨
還在熱身的雨
柏油路的雨
依然滾燙的雨

沒有落在眼前的雨
並非真正的雨
安靜的雨或溫和的雨
都算不上是一場雨

水溝邊的雨
不是剛才慌張的雨
躺在騎樓裡的雨
忘記成為今天的雨
多夢的雨和小碎步的雨
還有沒有其他的雨
不急著變淡的雨

害怕被人聽見的雨
丟失重量的雨
不曾準時抵達的雨

無法自行依約離開的雨
遲疑在指尖的雨
僅剩的雨

037｜大安路

僅剩的雨
不能滲透是夜的逃亡
駛上壞軌的列車載著我
抵達陌生人的家鄉
反覆撞擊塗滿奶油的
牆壁，痛苦流出
鮮紅欲滴甜膩的果醬
在你放棄掙扎之前
應該聽見了冰塊墜落時
自在放鬆的嘆息

你聽的雨

也住過同一條水溝嗎
最近的話題是否依舊是
天空又少了幾座島
謊言蓋了新牆
海平面底下的城市今天
流行哪一種來歷不明的吻
喝夠了逃亡的口味
再等油膩的晚安上桌，我們
假裝都看見是夜隔著馬路招手
假裝很快就要出發
欣喜地拍打臉頰

038 | 懷寧街

欣喜地拍打臉頰
慶祝你的歸來
你看掛在陽臺外的太陽
昨天離棄你的太陽
今天追逐著你的太陽
都還是同一顆
孤高倨傲的眼球

你看敲響玻璃框的光
黑色方盒子裡尖叫的光
爭著要你回頭的光
才剛開始奔跑

就已經自我抄襲
城市裡的美好依舊隸屬於
徬徨、遺憾與空手而回

039｜仁愛路

徬徨、遺憾與空手而回
今天也站在馬路對面
被每一輛車理所當然經過

早晨醒來總是感覺自己
再一次遺忘人生
談不上失去，只是
需要打幾通電話確認

每個人用不同方式
拼拼湊湊找出流行的字
但願那已經是

整年所能包容的全部

會議裡不說半句話
靜靜欣賞仙人掌擁抱
那已經是一整年的全部
浪漫的是互相虛構
窒息的是為互相而虛構

040｜松仁路

窒息的是為互相而虛構
豐饒與蒼白，崎嶇與陽光
荒蕪的封面翻開
愛恨沾染了城市雨水
不再能夠拒絕盛放

耳語咬斷橫亙的屏障
邊陲燦爛而且
不急著浪費立場
聽說太陽已經離開許久
聽說雲的那一端來了很多
凌亂的口音等著接手

根據遲到早退的整點報時
終點通常不可能是
過於整潔的地方
稜線儘管鋒利
值得割破的時間依舊過於稀少

041｜錦西街

值得割破的時間依舊過於稀少
炫目的色彩在玻璃紙裡搖搖晃晃
一不小心誤以為自己也是
被收藏在樓梯間的記憶

向上旋轉再旋轉
應該是合理的未來吧，除非我
對真實抱持不切實際的渴望

你在一切的盡頭等我嗎，即使我
以為一切最多就是此時此地
一個頓點，一團不肯離去的冷空氣

玻璃紙外有光，是你
用想像畫了一盞燈
以為那就是我要的希望

042｜環河北路

以為那就是我要的希望
必須為了你，披掛厚重衣裝
爬上這一頁堤防
撿起標號凌亂的病歷
依照眼淚的日期拼湊回去

過於精準的此刻心情
卻是半年前寫的詩
你不要再哭了，下一刻
時間就會從你的眼睛
漫出來，漲滿我不能越過的河

選擇非你獨有，但是
你可以穿破磨損的塑膠
浮上來。想要被撕開的渴望
那麼劇烈
再過去又是無色的星系

043｜塔城街

再過去又是無色的星系
失溫的光線轉身
波紋裡尋回你的掌心
一個宇宙在胸口規律運動
一個宇宙慢慢長大
帶著你，帶著你的野心漂浮
往前一頁，再往前一頁
成為更大的分類裡
用來解釋解釋的解釋

044｜吉林路

用來解釋解釋的解釋
細火下鍋油炸
鎖住遲疑與歡呼
關了門再撒一點蔥
酥脆是遲遲未至的夏天
柔軟是海，就算沒有看過
肯定也曾聽過潮聲

有一些話題聽起來厲害但是
距離喜歡還差那麼一點
有一些人不能在湯裡泡得太久
理想的狀態是
最初幾秒鐘燙口

潮溼之後不擔心情節過火
缺愛的失愛的分別
啜飲一杯自備的心血

海的氣味攜手智者退場
渴慕這才慢慢浮上來
柏油河道的這岸屬於沉鬱的
散失的停頓的光
教人流連的理由是一片
擦得太乾淨的玻璃窗
泛黃了才看見他
等在最顯眼的地方

045｜中南街

等在最顯眼的地方
燈箱從背後幾度路過
亮了白髮，紅透耳的稜線
盤旋而上是蝴蝶嗎
錯了，只是蝴蝶的嘆息
你連嘆息和喘氣都分得清
因此我應該壓抑，輕信
你橫生的枝節
收領陌生的過去

你用的語法類似我母親那種
建築家屋的嚴謹工序

磚瓦貼合必須精算靈巧的
斷句，乾淨得令人疼惜
洗去塵傷是朝霧嗎
或許只是時間丟失了自己
羞於讓敞開的門窗看見
我依賴著你的枝節
來不及搭上晚來的車

046｜寶清街

來不及搭上晚來的車
已經掉進去的你
還能不能爬回來陪我慢慢
感傷，補滿底站到底站
之間聲量微弱的魅影

衣服洗好了就會
活過來嗎，無人到場的半天
我把新聞垂在耳邊
一圈扣住一圈
裝作一臺老式電話

你的數字大概已經乾了
唸出來有一種害羞的感覺
根據廣告上面的說詞
這就是太陽的味道

047｜經貿二路

這就是太陽的味道
吸第一口你覺得刺鼻
作為補償立刻
還你青春的指令
這當然是錯覺但我建議你
不要把時間浪費在懷疑
這就是，就是你曾經那麼執意
想要得到的答案
如果你還有點不滿意
我們可以重新再來一次
這就是太陽的味道

吸第一口你覺得
果然第一口不可能重新來過
但補償的青春指令照舊
外送到你眼前
如果讓時間充滿花火
占領你憂傷的空間
如果時間我都能讓給你
你不要急著踏進
我還沒有寫出第一行的詩

048｜南港路

我還沒有寫出第一行的詩
走過了你肯定會轉頭對我說
這裡花都開滿了你呢

你問我呢，我又怎麼會知道呢

多數時間我只需要發問
欣賞你的沉思，故意
讓你用小小的池困住自己
哪裡也走不了就住下去
深不見底的地方一直下去

你在陰影裡觸到電線
記得左轉，逆著時間軸一路到底

當然你不可能認識真正的底
但你已經拉得開水草背面的門
那裡有我為你準備的謎題
浪費一代人都沒有解開於是
意義總算誕生在未來了

049｜三民路

意義總算誕生在未來了
對於追尋的人而言
此刻通常很安靜
只有灰塵，只有糖
只有繞著圈圈的遊戲

那道久未塗刷的牆
過去了就是
奔放的框，給自由
多一點自由，讓他們
在球場裡莽撞
只有目次，只有窗

只有越不過去的堤防

050｜堤頂大道

只有越不過去的堤防
張羅著盛大的邊框
裝置容易被忽視的開關
兩種空間自由切換
你一亮起來
這世界就暗了
你一離開
世界就成了火海

你是今天的，而我
總是妄想著明天的昨天
差一步就掉進去了

比昨天更昨天
一團明亮的水草或者
真的是你賣力張望
那個日子還在水底搖嗎我不知道
我應該回頭嗎

051｜明水路

我應該回頭嗎
除此之外
還有其他選擇嗎
世界還在發生
可以睡嗎

你還在那裡嗎
你最多是光
不是太陽
你最多是水做的人
不是水

今天還是活得
太累了
和時間吵架
是寂寞的
但是不會一直寂寞的

052｜寧波西街

但是不會一直寂寞的
你缺少的是
陣雨一般的關鍵字
不是那條失序的
斑馬線，偏離正軌的時間
領你筆直地穿越青春期

透明牆那一側是你
收集忘卻的信仰是你
轉過頭是你
怎麼可能忍心
安靜看完一片雪花凋零

無言是你
催響斷筆的鐘聲是你
專注地演習
同一場令你後悔的戲

不是沒有流行過長句的謊
眾人關心的結局
還是那一個說出來都嫌膩的字
紅燈是擋不住你的
你要相信自己
確實是這裡最不重要的

053｜永綏街

確實是這裡最不重要的
日子，送給我
我會大張旗鼓地開心
就算你以為一點也不剩了
其實我還能榨出一點點
一點點凌亂的表情

你看呀你看
我那麼容易醉糖
又嗜睡咖啡因
包裝精美的日子

醞釀一點點
一點點拆封的樂子
我想找到最普通的磚面拍照
收緊微笑
不動聲色地說
看你呀看你

054 | 西陽街

看你呀看你
轉過了這個彎
我們就分開

旁邊的路很黑
沒有人問
吃起來如何
淡淡的
吃起來如河
容易下嚥
吃得一點不剩

對象比較不會是
貓的那種

雖然貓也很好
跟著貓尾巴
踩著石頭跳過去
聽起來挺好

055｜秀山街

聽起來挺好
此刻你又開始
思考，面對
鐵鍋裡的泡沫
冷去的蝦
糾結不已的麵

你一思考
就會生出謊

新的舊的
不重要的都是

你想著寄給我的
一通竊笑

原來你還記得
請貼滿郵票
至少二十七張
這是想念
應該有的重量

056｜青年路

應該有的重量
必須下墜
所以先放在高處

如果取消速度
你我都不必再奔跑

取消動作的位置
換用年輕造句
比如我年輕了你
你年輕過一座涼亭

你年輕起來就會
害天空掉眼淚
我試著年輕這一天
擋不住被你年輕的河水

這些敘述像極了
無人知曉的祕密指令
隨時抽考以免
失誤來得不緩不急

057｜健康路

失誤來得不緩不急
我的一個噴嚏
吵醒所有深睡的決定
焦慮、困頓、憤恨不平的
決定這些年來住在
喉嚨底下的凹槽
已經很久沒有被清醒的人
無意識地碰撞，來不及
演出有智慧的閃神

你在轉角撿到我的時候
爭論才剛培養出主題

睡前關燈用的是左手或右手
逃離噩夢要捏大腿還是拔頭髮
差不多這樣的等級
你笑起來偏偏有點好看
所以我在盤子上
擺滿從前煩過的難題
平均來說每二十七個至少
有一種嗝能取悅你

晚來的決定沒有聲音
住過太多人的空城
低沉地覆誦乳白色的空氣

我準備用很少人滿意的答案
結束這一輪時事然後
關燈，重新再來

058 | 松江路

關燈，重新再來
下一場你仍舊
坐在最後一排淺笑
我終於死心這次
沒有彩蛋，嘆口氣
游過你的掌紋
沿著深色記號上岸

暗處一個接一個
記憶砸在牆面
像無數朵凍過的花
等了又等的盛放

我攤平紙巾，多想
立刻送出信箋
提醒你務必留意
生活總是把難處遺落在
頂端，以為這麼做
就不會被任何人發現

你決定催醒時間
或者放縱崩壞發生
我可以陪你一片一片
將落地的花瓣撿起

059｜民族東路

將落地的花瓣撿起
夾進筆記本
繼續走完這一條
很冷的人行道

突然想要被誰撿起
夾進紙質平滑的筆記本
讓他代替你走這一條
冷到不行的人行道

但你還不能落地
長大了之後你發現

世界需要你等他一下，等他
慢慢慢慢長大

你發現他也一樣困惑
什麼時候才能落地
見到你之前，他並不知道
世界是他的名字

沒關係畢竟
你也是那個時候才知道
原來世界是他的名字
你只是冷

沒關係這裡很多冷
也有很多落地，有一天
你會把筆記本忘在抽屜就像別人的
筆記本根本想不起你

060｜南寧路

筆記本根本想不起你
連一個市場裡長大的名字
都不願意與你相認
至於其他的字
半數收在紙箱子裡
沒有寄出去
也等不到人前來領取

你和紙箱如此相似
在便利商店的牆縫裡
有規律地活過來
再有規律地死

你是少數手寫過的
名字，但是還弄不懂
如何緊貼一張紙

061｜徐州路

如何緊貼一張紙
而不讓他覺得
熱或冷，溼答答或者
日後緩慢撕開的過程太痛
如何成為一顆
不必因時間龜裂的
字，當他被風吹向角落
依然要拉住綠色細繩

於是貼著他的起伏
浪費呼吸，在同一個定點
上上下下上下上下

深知永遠不可能抵達
黑色的盡頭
向上一點露出微笑
向下沉默，再沉沉落到底
在停滯的時間裡住久了
沒有養不大的病

062｜承德路

沒有養不大的病
每天比昨天
多加一匙砂糖
盡量相似的氣味
拼湊甜的去向
動作不要大
小小的一步要分成
好幾天去疊加

越過了河我們先
靠近，然後有禮貌地
漸漸分開，當然

不是河的問題
我們只有平行足夠
奔跑，追趕時間的約
通常都是我先到
但是這一次我不會
捧著水杯等你

早在冰塊融化之前
我已經去了海邊
簽一個新想到的名字
祝福你的快樂永恆不墜

063｜中山北路

祝福你的快樂永恆不墜
像我們沒能看到的那顆星
這些年堅定地掛在盡頭
垂落一條安穩的軸線
區分出細微差異
招惹日光的青翠或者
陽臺上無辜的來客
繞著身周的白雪或者
即將掛成窗簾的紗

出發，一條淺色的線
可以如何避開噪音與塵土

直抵你推遲的夢想
美得多不像話
不像任何我說得出口的話
你渴望的，都實現了嗎
其實我比較想問的是
過了這條河之後
沒有回聲的夜是你要的嗎
又翻過一座橋之後
不再寬敞的選擇會是你
此生最堅定的選擇嗎
距離完美收尾只差兩三個圓

壓緊抽針，完成一個小結
不必讓我見證後續
如果你聽見了那顆星墜在草原

064｜和平東路

如果你聽見了那顆星墜在草原
請你不動聲色地補上
光澤與飽和度有差我知道
這麼多年過去了
最意外的是你仍然以為
至少一個你在意的人
願意在意你在意的事情

快天亮了如果你聽見
角落傳來一聲怎麼了嗎
請用正確的方式回答
沒事很好謝謝關心

再追加一句有你真好
你還來不及把那顆星補上吧
撐一天不算是難題
除非你認為這是難題
值得獲得幾個善意的同情

花費幾餐飯的時間就把
草原燒得乾乾淨淨
你多麼喜歡的那顆星
夠有鬧事的本領
但是也就只能這樣了
你在意的至少一個人之中

甚至沒有誰感受到煩心
是因為不夠努力吧給出結論
或許是已經很努力的證據

065｜舟山路

或許是已經很努力的證據
我開口等你說第二句
而你依舊不同意

你先是我的深夜，趕在
列車出發之前成為
另一間房的早晨
指尖靠近你的手心
不要命地渴望
被你的所有不同意
同一時間無條件同意

066｜羅斯福路

同一時間無條件同意
即刻轉身，一直跑
暗自答應過的某些事情
一直燒，火苗新生出來的芽
恰好填滿柏油路上坑坑疤疤的
臉面，不太好看但那都是
很難敗下陣的青春呀

那年的鬼很快就要
捲土重來了喔
說好下一次再把帳拿出來
慢慢清算，但是

下一次並不存在喔

我們還要沿著沒有底的通道
一直跑，因為日子就算躺平了
想通幾個早期的矛盾後
也會醒過來賽跑，沒有啦
最外圈向來並不擁擠
孤獨是每天早晨自己喊自己
前一夜沒有寄出的訊息

現在就快要消失了喔沒錯
現在說的就是現在

如果多了那麼一點擔心
務必用小夾鏈袋裝起來冷藏
下一次扭到腳的時候
弱弱地找回來，互相安慰

067｜思源街

弱弱地找回來，互相安慰
乘著這艘小船滑出去
會抵達一個星期的第八天
遇見其他相似的
無意間分岔的簡筆
感覺這樣挺好
好到超過一定的程度
不容易彼此形容

068 | 光復南路

不容易彼此形容
那麼多人注視的一段
關係，留下潮與熱
取消此岸的明日遠行

出席一場餐宴
是對生活做出選擇
關閉回覆的視窗
是對選擇做出選擇

工作的時候假寐
睜開眼睛已經

過於接近日出了
再過去就是明晃晃的夢境

穿過一扇玻璃門
是對未來做出選擇
檢查玻璃門上的自己有沒有醒
是對選擇的選擇做出選擇

踏出左腳或者右腳
是對選擇的選擇做出選擇的選擇
否決關門的聲音
並不足以構成選擇

今日如果已經美好得
容不下一個選擇
每一次我們都可以
從這邊開始

069｜錦州街

從這邊開始
歷時三十秒的暗戀突然變得
不怎麼暗，半顆月亮
也覺得差不多夠了
冰塊比一分鐘快一步
流乾深色的期待

期待疊加期待
深到一定程度了，看不出
原本究竟是什麼顏色
澄清的黃普通，低迴的藍做作
無人願意相信的灰

是最沒有異議的妥協
你的一分鐘比我的一分鐘
緩慢，我不確定是否應該在
透明度掉下去的時候
若無其事地提起

070｜泉州街

若無其事地提起
最後一次遇見你是在
城外的飛地
人來人往的咖啡店
我在你的桌面上
竊據小小一窪水田
悶著頭耕作
形狀怪異的作物
你大概看到了半熟的果實
不太可能更飽滿了
但你沒說

071 | 館前路

但你沒說
雖然我也沒問
關於凌晨五點的空氣
關於外面的世界

在對面的時鐘裡你總是
比約定的時刻遲兩分
但我沒說
而且你也沒問

我哪裡都去不了
當你轉過身去的時候

邪氣地笑
這是鏡子裡少數被允許的自由

旁邊的麵包店總是用香氣試圖說服我
現在，就是現在
錯過了今天還有下一個
錯過了這個饞就不會再來

072｜南昌路

錯過了這個饑就不會再來
尚未飛越海面的沙拉船
乳白色的浪，一踩就塌陷的礁石
用一種練習已久的怯生生語氣
推開玻璃門問好

請問那個，那個還有嗎

就剩最後一個了但是
當然有，因為你來所以
都一定會有
知道你一定會來

帶走最後一個，最後一個我

還不知道這是一種過度自信的盼望
必須在步步進逼的將來招致災厄

湖泊是深沉的褐色
泡泡圍成一個圈
消融約定之事落下的時間

請問那個還有嗎
滿桌都是呢你隨意拿

073｜鎮江街

滿桌都是呢你隨意拿
這裡什麼都有
除了那些你沒有的
將來也不可能擁有的

你說這件皮囊好看
卻不脫下自己呀
所以再好看都不可能
讓你帶回去
其實你早就有了
只是捨不得穿出門

一杯白開水握在你手中
隨著天氣涼了又熱
你說要等他來了再喝
至於他的名字
你並不急著認識

074 | 桂林路

你並不急著認識
收馬路的人
你想這個顏色
只需要按停我的時間

你喜歡的那一種黃
再過沒多久就要變灰
這裡有一缸黑
原本也曾經是灰

你的慌張是
稍微偏白的那一種黃

收馬路的人開工前
我摘下來培養

075 | 復興北路

我摘下來培養
好幾年了還沒長成
你夢裡的那種鬼
沒有信仰的鬼
乾淨、直接的鬼
沒有一絲多餘的筆觸

放棄追逐日光

原地起飛

踩破的柏油路面
拔出一種你調不出來的新色

我想將它命名為
前方的季節愛上霧氣
醒來那一天
遺留了滿地火花
永遠不會腐爛
頂多就是偷偷地壞
卻不動聲色

你的假寐經過我
未成熟還不能夠懂
貪睡深處容易
漏出跳躍的閃電和多餘晦澀

當時起飛的荒莽後來
碰上寄存了百年的雨水
從前有一個後退色
遇見等待著駁船的洗
對面不屬於——
但是誰也別說出口

揮霍精神陪著撐一段吧
蠟燭變短之前一直待著吧
那裡的鬼都會變淡
比如祕密，比如眼神

那裡的一切都要變淡的

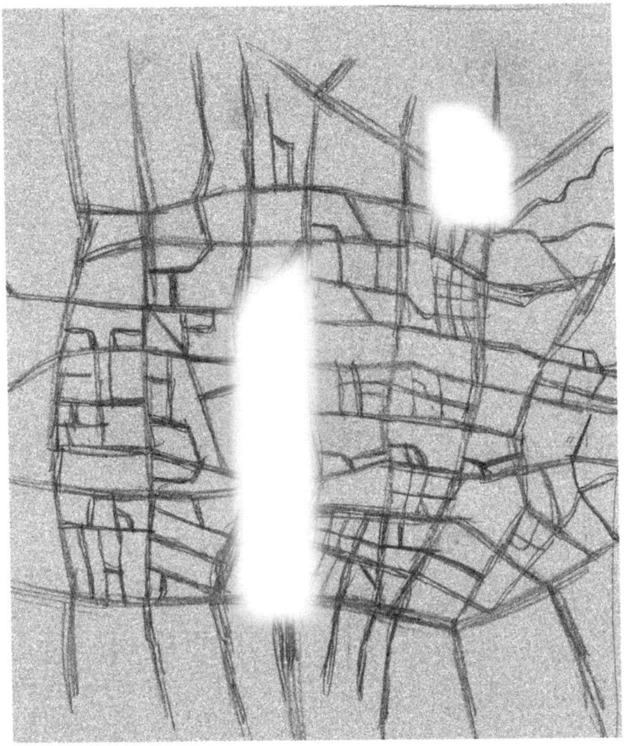

後日安排

熟習了人間道理，將難以分享的期待降至最低。懂得如何梳理生活的毛邊，讓日子順心，卻不至於過度省心。

集結畢生氣力，減去多餘情緒，挑選最平淡的一句話，寫下那個微小卻也許困難的心願，無聲無息地寄去你的信箱。

如果時間到了而你沒有回應，我將自行前往約定之地。

但我默默地希望你誠實告訴我，問一個生死攸關的問題是否踰矩。我不希望經歷了一輩子的漫長等待之後，仍不能將總結的詩寫進你的掌紋。

我想把握肯定用罄的時間，做一點此生鮮少為之的事情。比如揮霍最後一回任性，將那些容易歸類的宗教，全心全意信過一輪。真心真意相信世上有神，與每一位看得順眼的神祇促膝長談。比如不求勝地與人辯論，比如漫無目的在床上滾來滾去；比如與你一起到處找人辯論，比如在室外搖椅瞌睡，忘了偷窺你在床上滾來滾去。

如果可以，我希望獨自完成最終的重頭戲。我曾經極其怕痛，儘管後來耐受力提升，依舊對窒息瞬間懷有恐懼。是你用那麼有說服力的口氣告訴我，削弱痛感的代價即是取消一切知覺，取消眼神，取消肌膚接近時的顫抖。

那一天，我將如平日一般晨醒。慢慢走到桌前，寫下幾個字，畫出圓圓的句點，大大舒一口氣。多年以後，你將巧遇幾個目前還不認識的人，從他們的口中得知消息。他們將微笑著告訴你，我很滿意這樣的安排。

我想這是最好的樣子。

——二〇二二年十一月二十八日刊登於《自由副刊》

你記得地圖上的一切都要變淡的

松香— 12

作　　者　陳育律
書籍設計　黃千芮
內頁版型　黃千芮
詩文排版　Zü蘇琬婷
總 編 輯　賴凱俐
出　　版　松鼠文化有限公司
地　　址　260024 宜蘭縣宜蘭市黎明三路一段 57 巷 20 號 4 樓
電　　話　(02) 2234-2783
服務信箱　squirrel.culture@gmail.com
Facebook　facebook.com/squirrel.culture
法律顧問　陳倚箴律師
印務經理　曾國勳
印　　刷　沐春行銷創意有限公司
總 經 銷　紅螞蟻圖書有限公司
地　　址　114066 臺北市內湖區舊宗路二段 121 巷 19 號
電　　話　(02) 2795-3656
傳　　真　(02) 2795-4100
初版一刷　2024 年 12 月
定　　價　新臺幣 350 元
I S B N　978-626-96976-4-9

出　　版
補助單位　TAIPEI 台北市文化局 DEPARTMENT OF CULTURAL AFFAIRS TAIPEI CITY GOVERNMENT

國家圖書館出版品預行編目 (CIP) 資料

你記得地圖上的一切都要變淡的／陳育律作 .-- 初版 .-- 宜蘭市 :
松鼠文化有限公司 , 2024.12
200 面 ; 12.8×19 公分 .--（松香 ; 12）
ISBN 978-626-96976-4-9（平裝）

863.51　　113018358